Para Janetta y Jude, con amor y gratitud
por su apoyo durante tantos años.

Puede consultar nuestro catálogo en www.picarona.net

SEIS RATONES CIEGOS Y UN ELEFANTE
Texto e ilustraciones: *Jude Daly*

1.ª edición: abril de 2017

Título original: *Six Blind Mice and an Elephant*

Traducción: *Joana Delgado*
Maquetación: *Montse Martín*
Corrección: *M.ª Ángeles Olivera*

© 2017, Jude Daly
Edición publicada por acuerdo con Otter-Barry Books
www.otterbarrybooks.com
(Reservados todos los derechos)
© 2017, Ediciones Obelisco, S. L.
www.edicionesobelisco.com
(Reservados los derechos para la lengua española)

Edita: Picarona, sello infantil de Ediciones Obelisco, S. L.
Collita, 23-25. Pol. Ind. Molí de la Bastida
08191 Rubí - Barcelona
Tel. 93 309 85 25 - Fax 93 309 85 23
E-mail: picarona@picarona.net

ISBN: 978-84-16648-96-2
Depósito Legal: B-20.700-2016

Printed in China

SEIS RATONES CIEGOS Y UN ELEFANTE

JUDE DALY

 Picarona

Un día muy, muy caluroso,
un elefante medio amodorrado
que deambulaba por la jungla
acabó en el granero
de una granja vecina.

Tras olisquear todo a su alrededor,
se preparó una cama cómoda,
lanzó un suspiro de satisfacción
y se quedó dormido.

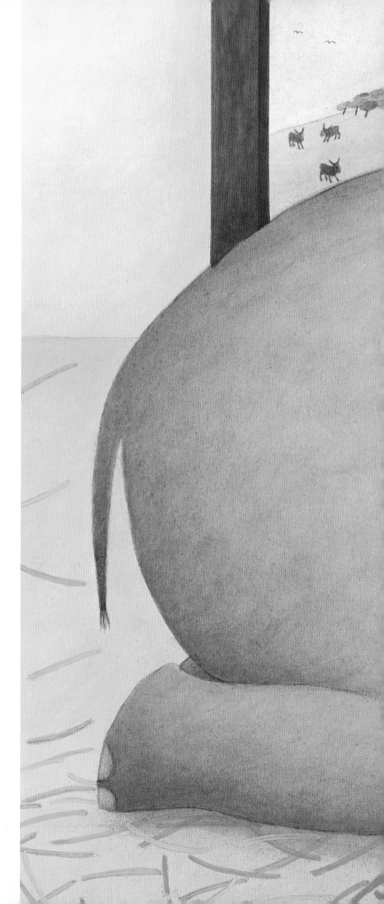

Aquel granjero que siempre había deseado ver a un elefante
de verdad, entusiasmado, avisó a su mujer y a sus hijos, y todos
corrieron a verlo. Después, llamaron a los vecinos, y el granero
enseguida se llenó de hombres, mujeres y niños que
cuchicheaban entre sí acerca de aquella maravilla.

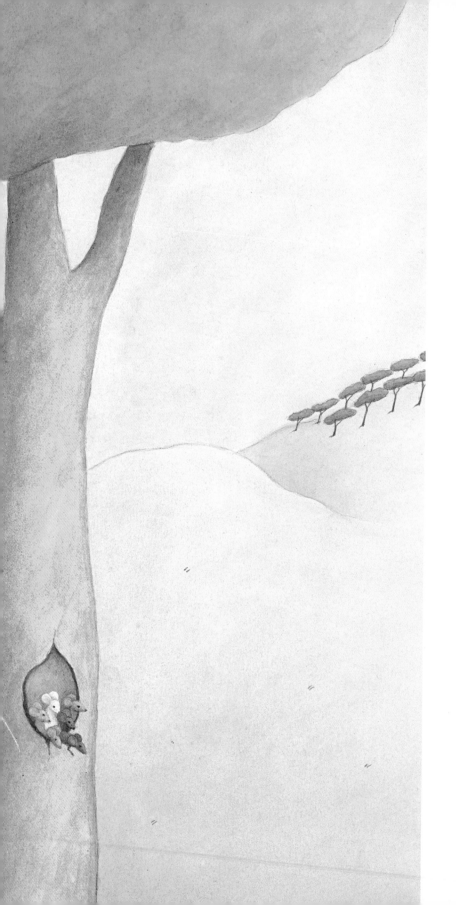

Un olor fuera de lo común despertó
a seis ratoncillos ciegos que
dormitaban en su nido, y es que
nunca antes habían olido nada igual.
¿Qué era aquello?
Tenían que descubrir
de qué se trataba.

Se arrastraron fuera del nido, guiados
por su olfato, y captaron olores
que ya conocían de:

    gallinas,

      vacas,

        cerdos,

          gente,

            perros

              y...

¡GATOS!

—¡Socorro! —chillaron los ratones, y se metieron corriendo en un escondrijo.

Desde su escondite, los seis ratones ciegos oían que la gente hablaba de una criatura extraordinaria llamada **elefante** que estaba durmiendo en el cobertizo de la granja.

Y cuantas más cosas escuchaban, más convencidos estaban de que aquélla **debía** de ser la criatura que habían detectado olfateando.

De modo que, tan pronto como toda aquella gente, los animales, y sobre todo el gato, se largaron, los ratones salieron de su escondite y empezaron a investigar de nuevo.

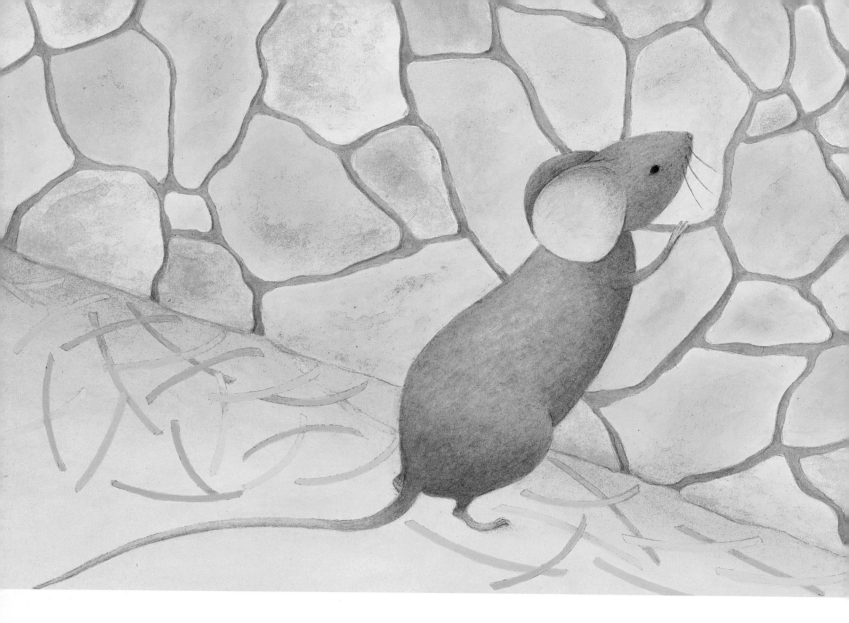

El primero en entrar al cobertizo fue el más viejo de los ratones ciegos. Entró tan deprisa que estuvo a punto de estrellarse contra un costado del elefante, prácticamente un **muro**.

—*¡Ay!* –gritó–. ¿Por qué nadie nos ha dicho que un elefante es como una **pared**?

—Pues porque **no** lo es —chilló un
segundo ratón mientras correteaba
arriba y abajo por uno de los
afilados colmillos del elefante—.
¡Un elefante en realidad es
como una **lanza**!

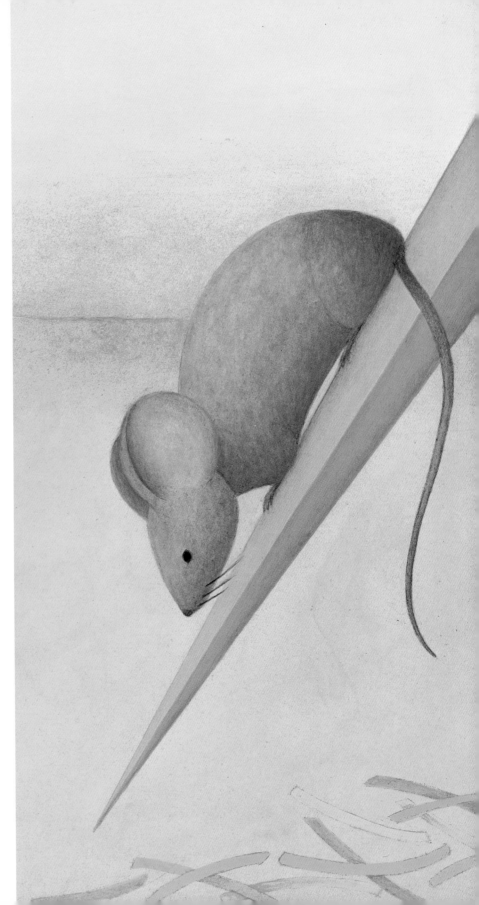

El tercer ratón, que estaba muy ocupado explorando una oreja del elefante, saltó y dijo:

—¡Eso es una tontería! Se ve con claridad que un elefante es como un **abanico**!

De repente, el elefante se puso de pie y se rascó la oreja con tanto entusiasmo que algunos de los ratones salieron despedidos mientras que otros se aferraron a él para salvarse.

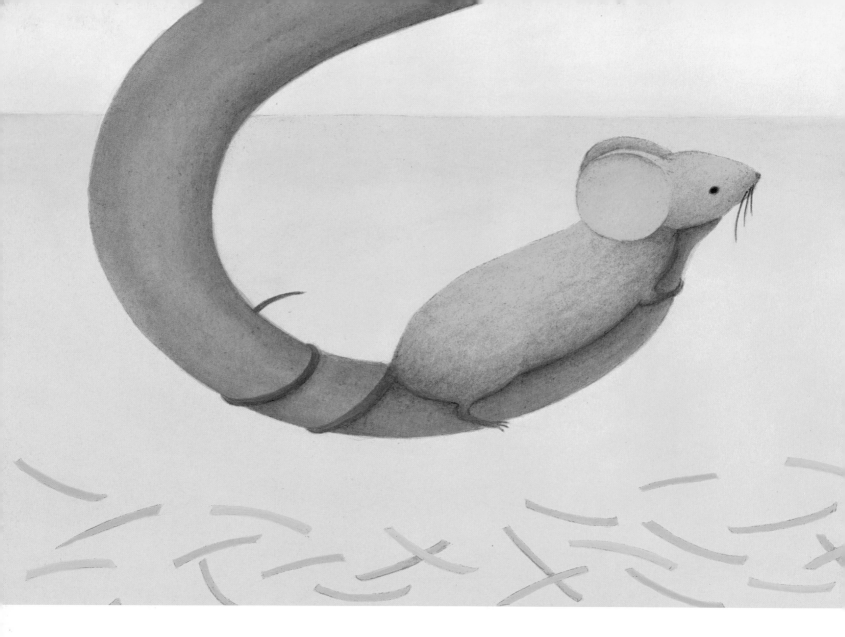

El cuarto ratón ciego se las apañó para trepar por la trompa
del elefante, que se movía y retorcía sin parar.

—¡Un abanico, vaya tontería! –chilló–. ¡Esta criatura es realmente
como una **serpiente**!

—¿Una serpiente? —gritó el quinto ratón mientras correteaba por una de las nudosas rodillas del elefante—. ¡Qué ridiculez, incluso el más cegato de los ratones diría que un elefante es como un **árbol**!

—¡Escuchadme! —dijo el sexto ratón ciego, el más pequeño de todos, descolgándose de la cola del elefante—, ¡estáis todos equivocados! Yo os diré cómo es exactamente un elefante.

El resto de ratoncillos se acercó a él. ¡Parecía que incluso el propio elefante le estaba escuchando!

—Un elefante es como…

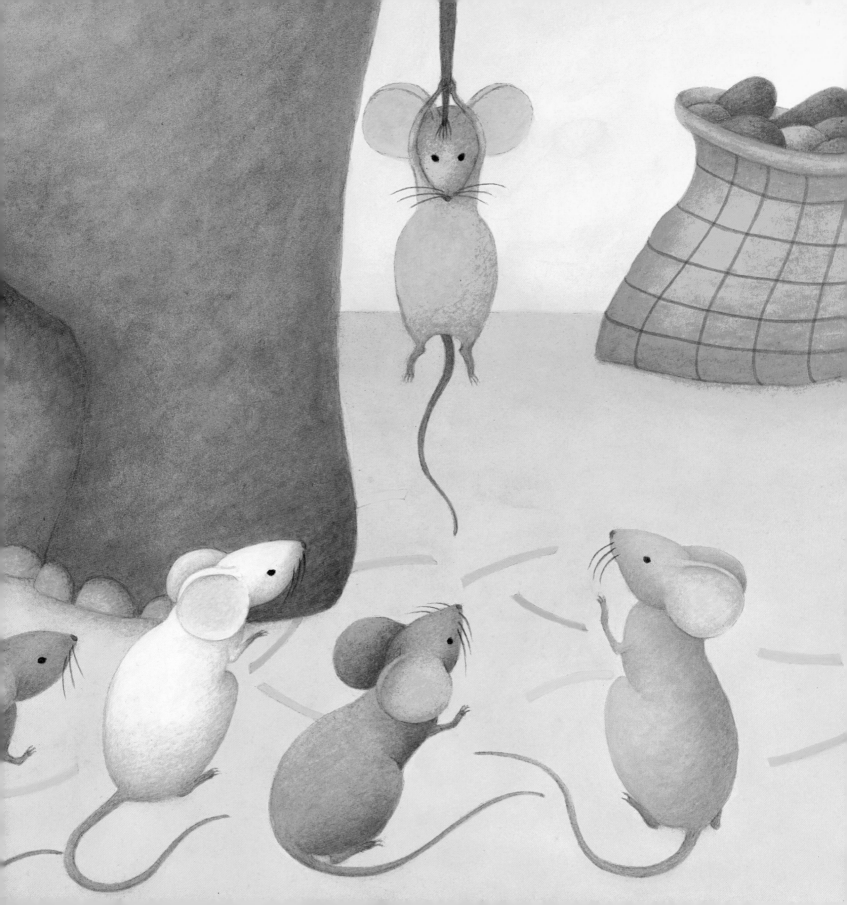

… ¡un elefante es exactamente como una **cuerda**!

Hubo un momento de silencio.

Después, el amodorrado elefante agitó las orejas y lanzó un bramido tan estruendoso que los seis ratoncitos salieron disparados a buscar cobijo.

—¡Uy, pequeños! —exclamó con dulzura el elefante—.
No quería asustaros, volved, por favor. Sólo quería
deciros que todos tenéis algo de razón.

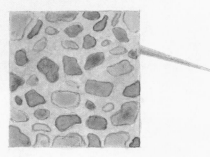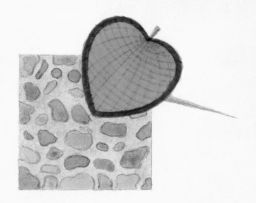

Soy **grande** y **macizo**, tengo unos colmillos afilados y unas orejas tan grandes que parecen abanicos.

Os doy la razón: mis piernas son como los troncos de un árbol, mi nariz es larga y flexible, y mi cola puede llegar a confundirse con una cuerda. Pero en definitiva, amigos míos, **yo soy exactamente como…**

… ¡un **elefante**!

Y dicho esto, bostezó.

—Un elefante muy bello
–dijo con un gritito suave
el más viejo de los ratoncillos.

—Un elefante muy fatigado
–comentó el más joven.

El elefante se echó a reír
y poco después se
quedó
dormido.

Los seis ratones ciegos salieron de puntillas del cobertizo.

Volvieron correteando a su nido chillando y desgañitándose,
presas de la alegría de haber presenciado por ellos mismos
la maravillosa criatura que es un elefante.

NOTA

Parece que este cuento es una fábula original de la India.
En el siglo XIX, el estadounidense John Godfrey Saxe,
con su magnífico poema *Los ciegos y el elefante,* lo hizo muy popular.
En ninguna de las diferentes versiones que existen
–incluida la de John Godfrey Saxe–, los protagonistas llegan a ponerse
de acuerdo, pero yo no he querido dejar a mis ratones ciegos
sin que reconozcan completamente la maravilla que es un elefante.

Jude Daly